L'ARIOSTE

COMÉDIE

Représentée pour la première fois, à Paris, sur le THÉATRE-FRANÇAIS,
par les comédiens ordinaires de l'Empereur, le 1ᵉʳ juillet 1858.

LAGNY. — Imprimerie de VIALAT

L'ARIOSTE

COMÉDIE HISTORIQUE

EN UN ACTE EN VERS

PAR

M. CHARLES LAFONT

PARIS

MICHEL LÉVY FRÈRES, LIBRAIRES-ÉDITEURS

RUE VIVIENNE, 2 BIS

1858

— Représentation, reproduction et traduction réservées. —

PERSONNAGES

L'ARIOSTE...	M.	GEFFROY.
PAULA, sa pupille............................	Mlles	SAVARY.
GINA, suivante..................................		BONVAL.
FACCHIONE, capitaine d'une bande de brigands.	MM.	MONROSE.
LE LIEUTENANT.............................		TALBOT.
CARLO, brigand.................................		WORMS.
MAZETTO, idem		SAINT-GERMAIN.

Dans le duché de Ferrare, en 15...

L'ARIOSTE

Un paysage pittoresque et sauvage. A gauche du théâtre, les ruines d'un vieux château; à droite, sur le devant, une cabane.

SCÈNE PREMIÈRE.

PAULA, GINA, venant de la gauche du public.

PAULA.

Pouvons-nous avancer?

GINA.

Venez. Ne craignez pas.
Ces messieurs sont en train de prendre leur repas.

PAULA.

Que dans ce lieu désert la nature a de grâce,
Et qu'il me semble doux ce vent léger qui passe!
Qu'il sème de parfums dans les airs attiédis!

GINA.

Oui; mais ce lieu charmant est peuplé de bandits
Qui depuis quinze jours nous gardent prisonnières.
Cela gâte pour moi les senteurs printanières.

PAULA.

Ah! Gina, quel sujet de nous désespérer!
Après un tel malheur de quel front nous montrer?

GINA.

Mais je ne trouve pas que nous soyons en faute,
Et nous pouvons toujours marcher la tête haute.
Votre père était mort... pardon, ne pleurez pas...
Votre tuteur bientôt instruit de son trépas
Nous écrit que pour vous sa maison se prépare
Et qu'il faut vous hâter de venir à Ferrare.
Nous partons. Un beau soir, sur le bord du chemin,
Paraissent des messieurs l'escopette à la main.

Gros mots du postillon ; temps d'arrêt ; peur atroce ;
Tableau. Nous descendons tremblantes de carrosse ;
On nous conduit ici. Je me lasse à chercher
Quel tort dans cette affaire on peut nous reprocher.
Au fond, notre clôture est assez tolérable,
Et dans notre malheur rien n'est irréparable.
Ces messieurs les bandits, convenez, entre nous,
Qu'ils sont très-gracieux, très-obligeants, très-doux ;
Que leur langage est pur et leur maintien modeste,
Et qu'ils n'ont abusé ni du mot, ni du geste.

PAULA.

Il n'importe. Un soupçon nous suivra, m'entends-tu ?
On ne voudra pas croire au respect qu'ils ont eu.

GINA.

Madame, on les connaît : loin d'être impitoyables,
Ces diables de bandits sont souvent de bons diables ;
Ils ont des sentiments ; nous publierons d'ailleurs
Que nous avons chez eux trouvé des protecteurs,
Le fils d'un bon ami de monsieur votre père :
C'est fou, mais c'est exact ; il est dans ce repaire
Ce jeune homme charmant, spirituel, poli,
Le dernier héritier du nom de Vitelli.

PAULA.

Oui. Quelle émotion j'ai sentie à sa vue !
Jamais rencontre, hélas ! ne fut plus imprévue.
Lui, devenir bandit !

GINA.

C'est bizarre, en effet.

PAULA.

Un jeune homme si bien élevé.

GINA.

Si bien fait !

PAULA.

Qui des plus grands succès avait en lui l'étoffe.

GINA.

Oui, mais il vous aimait. De là sa catastrophe ;
Pauvre insensé ! de quoi s'était-il avisé ?
Plaignez-le d'un malheur que vous avez causé.

PAULA.

Peux-tu bien plaisanter sur un sujet si triste ?
Va, monsieur Vitelli m'est connu. Je persiste

A le trouver instruit, loyal et brave ; mais
De l'esprit de conduite, il n'en aura jamais.
Tu sais bien que rebelle à toutes mes prières,
Il a pris tour à tour et quitté vingt carrières :
Inconstant, incertain et mal récompensé,
D'une lutte sans prix il s'est enfin lassé.
Voilà de son malheur la cause manifeste ;
N'en cherche pas une autre.

GINA.

Et moi, je vous atteste
Que l'amour de sa faute est le motif réel.
Vous alliez épouser le marquis Pimentel ;
Il disparut. — Je suis bien loin de le défendre,
Mais j'ai droit de le plaindre, et s'il pouvait apprendre
Qu'en mourant votre père enfin s'est attendri,
Et que le Pimentel n'est pas votre mari ;
Gageons qu'un tel secret...

PAULA.

Ne le dis pas. Prends garde !
Il me croit mariée et c'est ma sauvegarde !
Gina, de cette histoire à quoi bon l'informer ?
Il ne m'est plus permis maintenant de l'aimer.

GINA.

Cependant...

PAULA, passant à droite, et s'asseyant.

C'est assez. Cet entretien me pèse.
Ne pouvons-nous parler d'autre chose ?

GINA.

A votre aise.
Vous plaît-il de parler du jour où ces bandits
Nous laisseront quitter leur champêtre taudis,
Des consolations que ce jour nous prépare,
Et de notre arrivée à la cour de Ferrare ?
Que de plaisirs nouveaux vous allez y goûter !
Que de cœurs sur vos pas vont se précipiter !

PAULA.

Gina dans ses discours est toujours un peu folle ;
Mais je n'ai plus le cœur à m'amuser.

GINA.

Parole !
Qu'on ouvre notre cage et bientôt vos vingt ans

Redeviendront joyeux comme un jour de printemps!
L'avenir vous sourit; folle qui désespère!
L'espoir c'est la raison. Songez que votre père,
Au lieu de vous donner un tuteur vieux, jaloux,
Vrai geôlier ne rêvant que grilles et verrous,
A fait pour cet emploi le choix d'un homme aimable,
D'un favori du duc, d'un poëte admirable,
Du fameux Arioste enfin! Auprès de lui
Vos jours s'écouleront sans un moment d'ennui.
Au diable les bandits! loin vos peines secrètes!
Vous vivrez à la cour, et, reine de ses fêtes,
Vous verrez qu'on peut être au fond de ces forêts
Quinze jours prisonnière, et rire encore après.
— Mais pourquoi donc, depuis que vous êtes captive,
N'avons-nous fait pour fuir aucune tentative?

PAULA.

A quoi bon? ces bandits sont des gens assez doux;
Et nous pourrions changer leurs sentiments pour nous.
Nous avons fait traité pour notre délivrance;
Mon écuyer Rodolphe est parti pour Florence,
Et doit en revenir avec notre rançon.

GINA.

Sur cette affaire-là j'ai conçu du soupçon.
   (Elle va écouter.)
Aucun bruit. Sur les plats la troupe est acharnée
Et je vois qu'ils en ont pour toute la journée.
Mademoiselle...

PAULA.

    Quoi?

GINA.

     Ne m'entendez-vous pas?

PAULA.

Comment?

GINA.

    Si nous allions nous promener là-bas?

PAULA.

Volontiers; mais je crains...

GINA.

      Bah! crainte imaginaire!
Essayons. Après tout, que pourrait-on nous faire?
Marchons tout doucement d'abord... et puis...

SCÈNE II.

CARLO, qui sort de derrière un arbre au troisième plan à gauche.
GINA, PAULA.

CARLO.

Pardon,
Mais il est défendu de passer ce buisson.

GINA.

Pourquoi?

CARLO.

C'est ma consigne.

GINA.

Ah! qu'elle est arbitraire!
Cher monsieur Vitelli, montrez-vous moins sévère,
Et ne nous faites pas une si grosse voix.
Il fait beau; nous voulons cueillir des fleurs des bois,
La gerbe que nos mains en auront composée,
Tout humide et brillante encor de la rosée,
Nous vous la jetterons au visage en rentrant.

CARLO.

Je serais très-heureux d'un semblable présent;
Mais ma consigne parle, il faut y satisfaire.

GINA.

Vous n'en connaissiez qu'une autrefois, de nous plaire.
Ce temps est loin de nous.

(Elle passe à gauche.)

CARLO, descendant au milieu.

A qui la faute, hélas!

PAULA.

C'est trop nous arrêter; rentrons, Gina.

GINA.

Non pas.
Je lui dirai son fait; il le faut, cela presse.
Vous en voulez beaucoup, Monsieur, à ma maîtresse;
En quoi donc sa conduite est-elle à condamner?
Son père commandait; elle a dû s'incliner;]
Un père a tous les droits; vous pourriez le comprendre
Vous qui portiez au vôtre une amitié si tendre;
Mais je crains qu'en prenant votre profession,

Vous n'ayez commencé par oublier son nom.
CARLO.
De quoi vous mêlez-vous et qu'avez-vous affaire
De ma profession et du nom de mon père?
Sans doute je l'aimais et son nom m'est sacré;
Mais je ne pense pas l'avoir déshonoré.
Je regarde et ne vois partout que félonies :
Le condottiere pille et sert les tyrannies;
Le podestat vendu change le sens des lois;
Le marchand cauteleux vend sa chose à faux poids.
Mon métier vaut le leur, quelque nom qu'on lui donne;
Qu'ai-je dit? Il vaut mieux; il ne trompe personne.
Ne m'en parlez donc plus; à quoi bon s'irriter?
Et sans plus de façon laissez-moi vous quitter.
GINA.
Un instant. Nous avons un service peut-être
A réclamer de vous.
CARLO.
Quel est-il?
GINA.
Votre maître...
(Mouvement de Carlo.)
Le capitaine... a fait avec nous un traité :
Il prend mille écus d'or pour notre liberté.
Un homme était parti pour chercher cette somme,
Mais on ne parle pas du retour de cet homme.
Notre argent en secret a-t-il été touché
Et veut-on nous garder par-dessus le marché?
CARLO.
Qui vous fait concevoir une crainte si vaine?
Allez, vous connaissez bien peu le capitaine !
GINA.
Nous le connaissons trop.
CARLO.
Non, vous le jugez mal.
Facchione est un bandit, mais un bandit loyal;
C'est une âme indignée et non pas avilie.
Il servait autrefois un prince d'Italie.
Une intrigue de cour, habile trahison,
Le força de quitter son état, sa maison,
Et de venir chercher dans les bois où nous sommes

La justice et l'honneur, ces premiers biens des hommes !
J'ai suivi son exemple et nous sommes amis.
Point de crainte ; il tiendra tout ce qu'il a promis ;
Et dès que vos rançons auront été comptées
Vous partirez d'ici par moi même escortées.

GINA.

Vrai, bien vrai ?

CARLO.

Pouvez-vous encor le demander ?
Mais dans quel intérêt voudrait-il vous garder ?
Quel motif, quel prétexte à ce parjure infâme ?

GINA.

La question est bonne. Eh ! regardez, Madame :
Il me semble à la voir qu'un bandit exigeant
Peut vouloir autre chose encor que son argent.

CARLO.

Vous croiriez !...

GINA.

Je crois tout.

CARLO.

Dans quelle erreur vous êtes !
La première des lois que nous nous sommes faites,
La loi que notre chef inflexible en ce point
Fait respecter toujours avec le plus grand soin,
Est celle qui défend, sous des peines sévères,
D'oser rien attenter contre nos prisonnières.
Sans cette sage loi, de leur honneur jaloux,
Tous les gens du pays s'armeraient contre nous.
Ne redoutez donc rien et prenez confiance.
Cependant j'ai pitié de votre impatience ;
Votre écuyer agit en mauvais serviteur,
Et je voudrais pouvoir stimuler sa lenteur.

PAULA.

J'ose mettre en vous seul ma plus grande espérance,
Monsieur, ne pouvez-vous aller jusqu'à Florence ?
Maître Albin, mon notaire, est honnête et discret,
Et d'ailleurs, nul ne sait ce que vous avez fait.
Contez-lui l'aventure où je suis attachée ;
Si ma rançon encor n'a pas été touchée,
Prenez-la de ses mains et me la rapportez.

GINA.

L'idée est excellente. Eh bien ! vous consentez ?
Ah ! que vous méritiez une chance meilleure !
Faites votre paquet et partez tout à l' heure.
A revoir. Vous avez ma bénédiction.

CARLO.

Il me faut pour partir une permission.
Je vais la demander. J'entends le capitaine ;
Veuillez vous retirer et calmer notre peine,
Pour la dernière fois ne craignez rien de nous.

PAULA.

Je me sens plus tranquille et je me fie à vous.

CARLO.

Il en était ainsi dans notre heureuse enfance,
On vous livrait sans crainte à ma jeune prudence ;
Je dirigeais vos pas ; je surveillais vos jeux.
Vous souvient-il d'un jour où le temps orageux
Nous fit chercher abri sous un vieux sycomore ?
J'y gravai votre nom ; on peut l'y voir encore.

GINA, à Paula.

Venez.

PAULA, à Carlo.

N'oubliez pas que nous comptons sur vous.
(Elle sort avec Gina, par la gauche.)

SCÈNE III.

LE CAPITAINE, LE LIEUTENANT, CARLO, BRIGANDS.

LE CAPITAINE.

Nous avons bien dîné. Parbleu ! le temps est doux,
Savourons au grand air nos dernières rasades ;
Verse, page. Ce vin est parfait, camarades.
D'où vient-il ? quel est-il ?

LE LIEUTENANT.

Du vin syracusain ;
Il était destiné pour le couvent voisin ;
Mais je l'ai confisqué, ma foi, pour notre usage.

LE CAPITAINE.

Vous avez fait une œuvre et charitable et sage.
Ce vin ne convient pas à des moines chartreux,

Et nous en aurions vu des effets désastreux.
La perte de leur âme était chose certaine ;
Viens boire aussi, Carlo.

CARLO.
Merci, mon capitaine :
Je n'ai pas soif !

LE LIEUTENANT.
L'excuse est d'un impertinent :
Il faut donc avoir soif pour boire maintenant ?
Morbleu ! pour un bandit la maxime est nouvelle !
Je bois à ta santé, ma belle demoiselle.

CARLO.
Je ne vous parle pas, lieutenant ; laissez-moi
Tranquille, s'il vous plaît.

LE LIEUTENANT.
Qu'a-t-il dit ? Comment ? Quoi ?
Tranquille ?.. Encore un mot à mettre avec les autres...
Qui veut vivre en repos peut-il être des nôtres ?
Non, morbleu ! Sache bien que le trouble, le bruit,
L'œil et l'oreille au guet, le jour comme la nuit,
Le mouvement sans fin et la lutte obstinée
Sont les conditions de notre destinée !
Va, tu n'es qu'un bourgeois et je t'ai toujours dit...

LE CAPITAINE.
Mon cher, vous vous trompez. Jamais jeune bandit
N'offrit plus d'espérance et plus de garanties,
Et n'a plus mérité toutes nos sympathies.
Jusqu'ici, je l'avoue, inactif, isolé,
Dans aucune entreprise il ne s'est signalé ;
Il vit discrètement, sans bruit, à sa manière ;
Il n'en brûle pas moins d'entrer dans la carrière.
Vienne l'occasion que j'attends avant peu,
Vous verrez si l'enfant pâlit devant le feu.

LE LIEUTENANT.
Le feu ! Je sens déjà mon cerveau qui travaille ;
Serions-nous au moment d'avoir une bataille ?
Tant mieux, morbleu ! Donner et recevoir des coups,
Tel est le vrai bonheur !.. Eh ! vite, expliquez-vous !

LE CAPITAINE.
D'avides commerçants, des voyageurs moroses,
A qui nous aurons pris quelques petites choses,

Des magistrats oisifs qui manquaient de plaideurs,
Ont rempli le duché de leurs sottes clameurs.
Ils ont tant intrigué que le duc notre sire
A daigné publier l'ordre de nous détruire ;
Et déjà, pour mener l'affaire avec vigueur,
On dit qu'il a fait choix d'un nouveau gouverneur.

CARLO.

Le duc nous fait la guerre ?

LE LIEUTENANT.

                    Ah ! quelle invraisemblance !

LE CAPITAINE.

Je crains qu'il ne se livre à cette extravagance.
Disons mieux : j'en suis sûr ; mais j'ai fait mon devoir,
Et j'ai tout préparé pour le bien recevoir.

LE LIEUTENANT.

Sous ce mot expressif, que faut-il qu'on entende ?

LE CAPITAINE.

Qu'un allié fameux va renforcer la bande.

LE LIEUTENANT.

Quel est cet allié ?

LE CAPITAINE.

            C'est Jean Malatesta !
Jamais autour d'un nom plus de bruit n'éclata ;
Et son génie, aussi redouté que ses armes,
En avait fait le chef de nos frères de Parme.
Instruit que des revers, — qui peut s'en garantir ? —
Contraignaient ce brave homme à s'exiler, à fuir
Avec quelques amis connus par leur vaillance,
Je leur ai fait porter un projet d'alliance,
Et j'espère, Messieurs, que, sans difficulté,
Ces illustres proscrits signeront mon traité.
Le nouveau gouverneur peut commencer la guerre !
Nous sommes à notre aise et ne le craignons guère.
Avec Malatesta nos succès sont forcés,
Et tous nos ennemis sont déjà dispersés.

LE LIEUTENANT.

Vive Malatesta ! vive le capitaine !
Guidés par de tels chefs la victoire est certaine.
Buvons à leur santé, Messieurs... à leur bonheur !

(Les bandits boivent, puis se groupent et se mettent à causer avec anima-
tion. Carlo se met à lire, assis sur le tertre à droite.)

LE LIEUTÉNANT, à Carlo.

Comment ! tu prends la chose avec cette froideur ?
On nous dit qu'avant peu nous allons en découdre,
Qu'il va sentir ici la fumée et la poudre...
Et tu te mets à lire ?.. Allons, moine, niais !..

(Il jette son livre.)

CARLO, se levant vivement.

Misérable coquin !

LE CAPITAINE, se jetant entre eux.

La paix, Messieurs, la paix !
Vous traitez ce jeune homme avec trop de rudesse,
Lieutenant ; je vous vois le provoquer sans cesse.
Quel motif contre lui vous a mis en fureur ?
Il s'amusait à lire !... Eh bien ! le beau malheur !
Sommes-nous des marauds sans esprit, sans culture ?
Le métier de bandit exclut-il la lecture ?
Loin de là ! Quand on prend notre profession,
On est homme de goût, d'imagination !
On aime l'idéal, on fuit le terre-à-terre ;
Autrement on serait procureur ou notaire !
Gloire aux livres ! non pas quand ils sont ennuyeux...
Que lisais-tu, Carlo ?

CARLO.

Le Roland furieux.

LE CAPITAINE.

Le Roland furieux ? Ah ! lieutenant, quel crime !
Comment, c'est ce poëme admirable, sublime,
Que vous avez jeté dans la poudre, à vos pieds ?
Vous le connaissez tous, et vous l'appréciez,
Messieurs ; les soirs d'hiver j'en faisais des lectures :
Comme vous écoutiez ces belles aventures !
Ces récits tour à tour joyeux, attendrissants,
Mêlés de tant d'esprit, de grâce et de bon sens ;
Dans ce roman d'amour et de chevalerie,
Vous retrouviez les traits de votre propre vie,
Et cette ressemblance excitait vos transports !
Entre les paladins et nous, que de rapports !
Même ardeur au combat ; même esprit indocile ;
Même goût pour la vie errante et difficile ;
Même amour du grand air et de la liberté ;
Même horreur de la règle et de l'autorité.

Le divin Arioste est notre apologiste,
Et l'on vient l'insulter devant nous ! Triste ! triste !
Lieutenant, vous devez des excuses d'abord
A l'Arioste, et puis à nous qui l'aimons fort !
Heureusement pour vous, je suis doux par système...
Lisez-nous tout à l'heure un chant de son poëme.
Messieurs, ce jugement vous paraît-il sensé ?
Celui de Salomon est, je crois, dépassé.

LE LIEUTENANT.

L'arrêt sans doute est beau ; mais je n'y puis souscrire...

LE CAPITAINE.

Une rébellion ?

LE LIEUTENANT.

Non ; je ne sais pas lire.

LE CAPITAINE.

J'aurais dû m'en douter. Eh bien ! Carlo lira ;
Mais vous écouterez...

(On entend un son de cor.)

Un appel ! Qui vient là ?..

LE LIEUTENANT, montant sur une éminence au fond.

Point de craintes, Messieurs, c'est un de nos fidèles...
Mazetto.

LE CAPITAINE.

Nous allons apprendre des nouvelles.

SCÈNE IV.

LE LIEUTENANT, MAZETTO, LE CAPITAINE,
CARLO, BRIGANDS.

LE CAPITAINE, à Mazetto.

Viens çà, coquin, et parle avec réflexion...
Comment as-tu rempli ta double mission ?

(Il s'assied à droite.)

MAZETTO.

Très-bien.

LE CAPITAINE.

Il est modeste... Allons, va.

MAZETTO.

Capitaine,

Le nouveau gouverneur est entré dans Modène.

LE CAPITAINE.

Tu l'as vu? quel homme est-ce?

MAZETTO.

Il a trente-six ans,
Un air de grand seigneur, des yeux vifs et plaisants;
Un bel homme en un mot, en qui rien n'est vulgaire.

LE CAPITAINE.

Quand nous attaque-t-il? est-il prêt à la guerre?

MAZETTO.

Il a d'abord passé trois jours, trois mortels jours,
Dans la maison de ville à subir des discours.
Las de cet exercice, hier, quand l'angélus sonne,
Il s'est évaporé, sans rien dire à personne ;
Ce secret m'est suspect et j'incline à penser
Que les hostilités vont bientôt commencer.

LE CAPITAINE, se levant.

A la garde de Dieu ! S'il est prêt, nous le sommes,
Et nous le recevrons comme il sied à des hommes !
Du grand Malatesta parle-nous à présent.
Refuse-t-il mon offre ou bien s'il y consent?

MAZETTO.

C'est un original de la plus rare espèce,
Et pour le décider il fallait de l'adresse;
Mais dans cette entreprise enfin j'ai réussi,
Et sa griffe est au bas du traité... le voici.

LE CAPITAINE.

Habile ambassadeur, ta prudence me flatte.
Je te donne ma part du premier diplomate
Que nous arrêterons.

LE LIEUTENANT.

. Il la mérite bien.

LE CAPITAINE.

Quand viendra le héros?

MAZETTO.

Ma foi, je n'en sais rien :
Je n'en ai pu tirer de parole précise,
Mais j'ai certain soupçon qu'il faut que je vous dise.

LE CAPITAINE.

MAZETTO.

Il est habile à se bien déguiser,

Et tout proscrit qu'il est il aime à s'amuser.
Aujourd'hui mendiant, demain soldat ou prêtre,
Gageons qu'il vient ici sans se faire connaître,
Nous jouer pour début un tour de son métier.

LE CAPITAINE.

Diable! il a le dessein de nous mystifier!

MAZETTO.

Excusez son audace.

LE CAPITAINE.

Hé! hé! l'idée est bonne.

MAZETTO.

Tout est dit; je m'éclipse... On m'attend à Cortone.

LE CAPITAINE.

Qui t'attend? Fiametta, la perle du pays?

MAZETTO.

Je dois aller la voir; vous me l'avez permis.
Me retireriez-vous la parole donnée?

LE CAPITAINE.

Non, mon pauvre garçon; va, suis ta destinée.
(Il le prend à l'écart.)
Un mot. Veux-tu me rendre un service?

MAZETTO.

Oh! bien oui.

LE CAPITAINE.

Malatesta n'a-t-il aucun signe sur lui
Qui me puisse au besoin aider à le connaître?

MAZETTO.

Non, aucun.

LE CAPITAINE.

Dans ses traits, dans sa marche peut-être?

MAZETTO.

Je ne me souviens pas. Attendez! j'ai cru voir
A côté de sa bouche, un petit signe noir,
— Tiens, vous l'avez aussi, — qui, suivant l'art magique,
Prédirait une fin déplaisante et publique.

LE CAPITAINE.

Imbécile! ce signe est un grain de beauté.
— Quel costume avait-il lorsque tu l'as quitté?

MAZETTO.

Un costume ordinaire.

(Sé rappelant.)
        Ah! soyons sans reproches.
Il avait un manteau gris, tout garni de poches,
Pour y mettre au besoin ce que saisit la main.

                LE CAPITAINE.
Va-t'en au diable!

                    MAZETTO.
        Adieu, les amis, à demain!
                            (Il sort.)

                LE CAPITAINE.
Le vin et le soleil me portent sur la tête.
Allons faire la sieste.

                    LE LIEUTENANT.
        Allons.
        (Le lieutenant et les brigands sortent par divers côtés.)
            CARLO, au capitaine.
                Je vous arrête.
Je voudrais vous parler.

                LE CAPITAINE.
                L'objet de l'entretien?
                CARLO.
Cette dame...

                LE CAPITAINE.
        Qui donc?

                CARLO.
        Notre captive.

                LE CAPITAINE.
                        Ah! bien.
Suis-moi.
        (A part.)
        La prisonnière occupe sa cervelle;
Mais ce n'est pas pour lui qu'on retient cette belle.
        (Ils sortent par le premier plan à droite.)

SCÈNE V.

L'ARIOSTE, seul; il entre par le fond à droite, et lit sur ses tablettes.

« Ces fioles que Dieu même arrangea de ses mains
« Contenaient le bon sens qu'il départ aux humains;
« Mais tel fut en tout temps leur goût pour la folie,

« Que chaque fiole était plus d'à moitié remplie.
« L'amour du plus grand nombre égare la raison;
« Celui-ci las de vivre heureux dans sa maison,
« Veut s'enrichir et voit sur quelqu'aride plage,
« Son esprit et ses biens faire un commun naufrage;
« Celui-là devient fou, qui, sensible à l'honneur,
« Comptait sur l'amitié de quelque grand seigneur.

(Une pause.)

— Oui, cette invention est un coup de fortune;
Astolphe retrouvant son bon sens dans la lune
Fournit à mon poëme un récit amusant!
— Où suis-je? Les beaux bois et quel site imposant!
Je me suis en rêvant écarté de ma route.
Petit malheur; je vais la retrouver sans doute.

(Il fait quelques pas et revient.)

Conçoit-on le major! quel retard! quel oubli!
Dans l'auberge champêtre où je suis établi,
Il devait me venir retrouver dès l'aurore;
Sept heures sonnent; rien. Huit heures, rien encore.
Ni major, ni soldats : irrité, plein d'ennui,
Je sors et bravement marche au-devant de lui.
Le temps était superbe et sa beauté me gagne.
Qui ne devient poëte en voyant la campagne?
Ces montagnes, ces bois, cet air pur, ce beau ciel,
Emportent mon esprit hors du monde réel;
Je m'engage au hasard dans un sentier agreste;
Et quand je sors enfin de ce rêve céleste,
Un chant de mon poëme est presque refondu;
Mais je me suis perdu, complétement perdu.
Monsieur le gouverneur, pour votre entrée en scène,
Vous n'êtes pas heureux. Assailli dans Modène
De bruits extravagants, de contes inouïs,
Sur les brigands fameux qui troublent ce pays,
Je conçois un dessein peut-être téméraire,
Et viens examiner ici ce qu'il faut faire.
J'arrive sans tumulte, en bourgeois ingénu;
Et me voilà causant avec un inconnu
Dont le naïf langage et la bonne figure
Annonçaient un esprit franc comme la nature.
Notre entretien fort long ne m'apprend rien du tout;
Puis ce bon campagnard disparaît tout à coup

Sur ma mule, emportant avec lui ma valise ;
Et je découvre ainsi, non sans quelque surprise,
Que pour me renseigner sur ces brigands fameux,
Je me suis adressé d'abord à l'un d'entre eux !
Quel début ! plaise au ciel que cette promenade,
N'ait pas un dénoûment encore plus maussade,
Et qu'en venant au bois voir le printemps qui bout,
Je ne me sois pas mis dans la gueule du loup !
Ah ! malheureux major ! ridicule aventure !
Ne saurai-je vous voir, splendeur de la nature,
Sérénité du ciel, profondeur des bois verts,
Sans que je sois tenté par le démon des vers ?
Il fait chaud, ce manteau fatigue mon épaule.
Quel est donc ce manteau ? c'est celui que ce drôle,
Cet habile voleur qui m'a trompé si bien,
A daigné me laisser en échange du mien.
L'échange est bon pour lui.

(Il met son manteau sur le tertre à droite.)

SCÈNE VI.

PAULA, GINA, L'ARIOSTE.

GINA.

Venez, Mademoiselle,

De monsieur Vitelli sachons quelque nouvelle.

L'ARIOSTE.

Des femmes ! Me voilà plus tranquille à présent.

GINA, bas à Paula.

Ciel ! un nouveau bandit ! qu'il a l'air déplaisant !

PAULA, bas.

Est-ce bien un bandit ?

GINA, bas.

Qui donc pourrait-il être ?

L'ARIOSTE, s'approchant.

Mesdames, je n'ai pas l'honneur de vous connaître,
Mais ne pourrais-je pas être informé par vous ?...

GINA.

Passez votre chemin, mon brave, et laissez-nous
Gémir sur notre sort.

L'ARIOSTE.

Pourquoi cette tristesse ?

N'avez-vous pas déjà la beauté, la jeunesse,
Inestimables dons, qui consolent de tout?
GINA, bas à Paula.
Il ne parle pas mal et semble avoir du goût.
(A L'arioste.)
A quoi servent ici ces dons inestimables?
Est-ce avec des bandits qu'il convient d'être aimables?
L'ARIOSTE.
Des bandits? il en vient parfois de ce côté?
GINA.
Monseigneur le brigand paraît être en gaîté?
L'ARIOSTE:
Où donc est le brigand? ee n'est pas moi, j'espère?
GINA.
Alors, que faites-vous si près de leur repaire?
L'ARIOSTE.
Quoi, cette vieille tour aux murs noirs et penchés?...
GINA.
C'est là que Facchione et les siens sont nichés.
(L'arioste s'éloigne vivement.)
Eh bien, où courez-vous?
L'ARIOSTE.
Loin d'ici. Je regrette
D'avoir pris cette route, et je bats en retraite.
GINA.
Mais vous n'êtes donc pas un voleur?
L'ARIOSTE:
Je le crois.
Je ne suis qu'un passant égaré dans ces bois.
Serviteur...
GINA.
Vous songez à fuir? quelle folie!
D'invisibles brigands la forêt est remplie.
On aura signalé votre arrivée ici:
Vous êtes prisonnier... comme nous.
L'ARIOSTE.
Grand merci!
N'importe, je me risque.
GINA.
Allez donc! bonne chance!
(Elle le rappelle, elle parle très-vite.)

Ah! si vous vous sauvez contre toute espérance,
Dites aux magistrats, comme je vous le dis,
Que dans l'affreux repaire où vivent les bandits,
Vous avez rencontré deux beautés en détresse,
Et qu'il faut à tout prix délivrer ma maîtresse,
La signora Paula Manzoni que voici.

L'ARIOSTE, revenant.

Mademoiselle! ô ciel, que faites-vous ici?
Manzoni! mais je sais qu'elle est votre famille.
Je ne me trompe pas? vous êtes bien la fille
Dé Pietro Manzoni, l'ancien gonfalonier,
Mort à Florence, au mois de février dernier?

PAULA.

Oui, Monsieur; à sa mort, triste, désespérée,
D'abord dans un couvent je m'étais retirée,
Et là j'avais écrit, d'un cœur bien consterné,
Au tuteur qu'en mourant son choix m'avait donné.
Ce tuteur, homme illustre, esprit sublime et rare,
Avait connu mon père autrefois à Ferrare,
Et conservait de lui le meilleur souvenir.
Il m'écrit aussitôt qu'il m'engage à venir;
Je pars; un soir, hélas! des bandits nous surprennent,
Et depuis quinze jours, près d'eux ils nous retiennent.
Mon courage est à bout; venez à mon secours.

L'ARIOSTE.

Je voulais m'éloigner; mais après ce discours,
Dût ce devoir nouveau me devenir funeste;
Ma place est près de vous, mon enfant, et j'y reste.

GINA.

Décidément, Monsieur, touchez-moi dans la main.
Non, je ne vous crois plus soldat de grand chemin!

PAULA.

Mais en ce lieu pour nous, vous ne pouvez rien faire.

GINA.

Il faut vous évader; voilà la grande affaire,

PAULA.

Adieu, dérobez-vous à travers ces taillis.

GINA.

Et revenez bien vite avec beaucoup d'amis.

PAULA.

Monsieur, de ce conseil écoutez la sagesse.

L'ARIOSTE.

Puisque vous l'exigez, j'obéis, je vous laisse;
Mais comptez, chère enfant, sur mon prochain retour;
Je prétends vous voir libre avant la fin du jour.
A bientôt!...

GINA.

L'aimable homme et l'heureuse rencontre!
(Elle passe à gauche.)

SCÈNE VII.

GINA, PAULA, L'ARIOSTE, LE LIEUTENANT, BRI-
GANDS, puis LE CAPITAINE.

LE LIEUTENANT, au fond, à droite.

Bonjour, mon cavalier; quelle heure à votre montre?
L'ARIOSTE, mettant l'épée à la main.

Midi, voici l'aiguille.
(Le lieutenant le met en joue; des brigands se jettent sur lui et le désarment.)

LE LIEUTENANT.

Allons donc, compagnon;
Vous paraissez trop vif.

GINA.

Il est pris, quel guignon!
(Le capitaine entre par le premier plan à droite, et son attention se porte
sur le manteau gris de l'Arioste.)

L'ARIOSTE.

Messieurs, un homme mort ne sert pas à grand'chose :
Me voulez-vous tuer? Non pas, je le suppose?
Débattons en amis le prix de ma rançon,
Et puis vivons d'accord.

LE CAPITAINE, à part, regardant l'Arioste.

Cet air... ce sans façon...
LE LIEUTENANT, venant à l'Arioste.

Bien! on ne gagne rien à faire ici le diable.
Puisque Monsieur devient honnête et raisonnable,
Nous allons l'alléger, sans qu'il entre en courroux,
Du poids de son argent, du poids de ses bijoux;
Vanités, superflu dont l'équité murmure,
Et que ne connaît pas l'homme de la nature.
Munis de ces valeurs, nous pourrons arrêter

La rançon que Monsieur voudra bien nous compter.

LE CAPITAINE, s'avançant.

Lieutenant, c'est à moi de régler cette affaire.
Votre profession, Monsieur? soyez sincère?

L'ARIOSTE.

Eh bien! je suis auteur.

(Murmures des brigands.)

LE CAPITAINE.

De projets financiers?

L'ARIOSTE.

Non pas. Auteur de vers, auteur à créanciers.

LE CAPITAINE.

Vous reçûtes au moins quelque bien en partage?

L'ARIOSTE.

J'ai mes faibles talents; c'est tout mon héritage.

LE LIEUTENANT.

Une ferme vaut mieux; ça produit plus de blés.

LE CAPITAINE.

La capture est mauvaise et nous sommes volés.
A quinze cents ducats l'auteur que Dieu confonde!

L'ARIOSTE, souriant.

Quoi! Messieurs, je vous dis que je n'ai rien au monde,
Et vous me taxeriez à cette somme-là?

LE CAPITAINE.

Je la payerai pour vous, mon cher Malatesta.

LES FEMMES ET LES BRIGANDS.

Malatesta!

L'ARIOSTE.

Comment?

LE CAPITAINE, passant aux femmes.

Oui, Messieurs, oui, Mesdames,
C'est ce brigand fameux.

GINA.

Quelle horreur!

(Elle s'enfuit avec Paula par la gauche.)

L'ARIOSTE.

Pauvres femmes!

LE LIEUTENANT.

Quoi! c'est Malatesta?

LE CAPITAINE.

Qui s'était bien promis

De se moquer un peu de ses nouveaux amis.

LES BRIGANDS.

Gloire à Malatesta!

LE CAPITAINE.

Qu'est-ce donc, camarade?
Vous ne nous dites rien; vous avez l'air maussade?
Vous m'en voulez un peu d'avoir trahi sitôt
Le secret innocent de votre incognito?
Je suis franc. J'en aurais été dupe peut-être,
Mais, tenez, ce manteau vous a fait reconnaître.

L'ARIOSTE.

Ce manteau?...

LE CAPITAINE.

C'est le vôtre; allons, convenez-en;
Le fameux manteau gris.

L'ARIOSTE, à part.

Je comprends à présent.

LE CAPITAINE.

Aux termes du traité souscrit sur ma demande
L'un de nous tour à tour doit commander la bande;
Un héros tel que vous, un illustre, un ancien
Ne pouvait accepter qu'un rang égal au mien.
Vous plaît-il commencer demain votre quinzaine?

L'ARIOSTE.

J'aime mieux aujourd'hui.

LE CAPITAINE.

Vos ordres, capitaine?

L'ARIOSTE.

Messieurs, laissez-nous seuls.

LE LIEUTENANT.

Nous partons.

(A part.)

Quel sang-froid!
Avec ce nouveau chef il faudra marcher droit.

(Ils sortent tous.)

SCÈNE VIII.

LE CAPITAINE, L'ARIOSTE.

L'ARIOSTE, à part.

Allons, l'occasion me sourit et m'invite;
Tâchons d'en profiter, mais bien vite, bien vite.

(Au capitaine.)
Cher camarade, honneur à votre loyauté!
Un pacte vous liait; vous l'avez respecté;
Me voilà votre chef. Dans ce poste suprême
J'ai besoin d'un ministre et ce sera vous-même.
Je compte sur votre aide et vous m'allez donner
Les conseils qu'il me faut pour vous bien gouverner.

(Ils s'asseyent tous les deux sur un tertre à droite.)
Connaissons avant tout les forces de la bande;
Quel est le nombre exact des gens que je commande?

LE CAPITAINE.
C'est un secret d'État; et si je vous le dis,
C'est que je suis bien sûr de vous : soixante-dix.

L'ARIOSTE.
Pas plus? Je vous croyais plus nombreux qu'une armée.

LE CAPITAINE.
Petit est l'effectif, grande la renommée.

L'ARIOSTE.
Je ne me fierai plus à la publique voix.
Tous vos braves sont-ils réunis dans ce bois?

LE CAPITAINE.
Pas tous, mais dès demain, si je fais certains signes,
Je puis faire rentrer les absents dans nos lignes.
Tenez-vous à les voir? Ils seront rappelés.

L'ARIOSTE.
Quels sont les lieux divers où vous vous assemblez?

LE CAPITAINE.
Ces ruines d'abord; un vieux fort près Ravenne;
Les caves d'une auberge aux portes de Modène ;
Vous la voyez d'ici ; sur son toit en auvent
Un coq en fer rouillé tourne et chante à tout vent.
Enfin, notre dernière et plus sûre retraite,
C'est la grotte d'un vieil et saint anachorète,
Qui demeure ici près. Quel juge, quel sergent
Oserait soupçonner le pieux frère Jean?

L'ARIOSTE.
Il est des vôtres?

LE CAPITAINE.
Oui.

L'ARIOSTE.
L'histoire est impayable!

LE CAPITAINE.
Cet ermite eut jadis la jeunesse du diable.

L'ARIOSTE.
Je le crois. Vous avez un grand nombre d'amis?

LE CAPITAINE.
Les gens les plus huppés nous servent de commis.
Qui n'est un peu voleur? Au fond, chacun nous aime!
J'ai des affiliés chez le gouverneur même!

L'ARIOSTE.
Quoi! chez le gouverneur?

LE CAPITAINE.
Mais oui, dans son palais.

L'ARIOSTE.
Vous vous moquez de moi.

LE CAPITAINE.
Point du tout.

L'ARIOSTE.
Nommez-les.

LE CAPITAINE.
L'intendant Bertuccio.

L'ARIOSTE.
Bah!

LE CAPITAINE.
Le portier Lazare.
Faut-il que je vous conte un détail plus bizarre?
Quand on doit au duc d'Este envoyer de l'argent,
J'en suis instruit d'abord par un homme obligeant;
Je me vais embusquer dans un bois, sous des roches,
Et la somme annoncée est bientôt dans mes poches.
Par qui supposez-vous que je sois renseigné?

L'ARIOSTE.
C'est par le collecteur.

LE CAPITAINE.
Vous l'avez deviné.
(Il se lève. — Ils rient.)
Vous voyez que je suis le roi de la contrée.

L'ARIOSTE, riant et se levant.
Parbleu! cette province est bien administrée.

LE CAPITAINE, riant aussi.
Avec quelques abus.

L'ARIOSTE.
Qui ne peuvent cesser.
LE CAPITAINE.
Le nouveau gouverneur voudrait nous disperser ;
Mais je crois qu'à cette œuvre il aura de la peine.
L'ARIOSTE.
Hier, dans la matinée, il a quitté Modène
Avec l'intention de s'approcher d'ici.
LE CAPITAINE.
Vous le saviez ?
L'ARIOSTE.
Je sais d'autres choses aussi.
LE CAPITAINE.
Parlez, je vous écoute.
L'ARIOSTE.
Avant de vous les dire,
Il est certain détail dont je tiens à m'instruire.
En tout lieu, dites-vous, vous avez des agents ;
Le major Eberhard serait-il de vos gens ?
LE CAPITAINE.
Pour celui-là, non pas ; brave homme, cœur sincère,
Le major est pour nous un terrible adversaire !
L'ARIOSTE.
Il se livre en vos mains.
LE CAPITAINE.
Comment, par quel bonheur ?
L'ARIOSTE.
Et vous pouvez aussi prendre le gouverneur.
Oui, tous deux déguisés sous des noms pacifiques,
Et suivis seulement de quelques domestiques,
Viennent de s'installer au village voisin.
Je sais que leurs soldats n'arrivent que demain ;
Prévenez leur attaque, et par un trait d'audace...
LE CAPITAINE.
Assez. Je vous comprends ; tous deux sont dans la nasse.
Ah ! quel coup de filet et les belles rançons
Que nous allons avoir pour ces deux gros poissons !
Dans une heure à partir la troupe sera prête ;
Préparez-vous, collègue, à marcher à sa tête.
L'ARIOSTE.
Moi ?

LE CAPITAINE.

C'est votre quinzaine, et vous nous commandez.

L'ARIOSTE.

Allons, soit, j'y consens.

LE CAPITAINE.

A bientôt !

(Il va pour sortir à droite.

L'ARIOSTE.

Attendez.

J'ai rencontré chez vous, non sans quelque tristesse,
Une jeune personne à qui je m'intéresse.
Sa famille autrefois m'a tiré d'un danger.
Renvoyez cette enfant ; ce sera m'obliger.

(Silence du capitaine.)

N'y consentez-vous pas ?

LE CAPITAINE.

L'affaire est importante.

Pour qui me parlez-vous ? si c'est pour la suivante ?

L'ARIOSTE.

Non, c'est pour la maîtresse.

LE CAPITAINE.

Alors, je suis confus ;

Mais ma réponse...

L'ARIOSTE.

Eh bien ?

LE CAPITAINE.

Eh bien ! c'est un refus.

L'ARIOSTE.

Vous aimez cette enfant ?

LE CAPITAINE.

Vous m'excusez, je pense ?

L'ARIOSTE.

Vous ne voudriez pas lui faire violence ?

LE CAPITAINE.

Fi donc ! un trait si noir se peut-il supposer ?
Mon amour la respecte, et je veux l'épouser.

L'ARIOSTE.

Vous ?

LE CAPITAINE.

Cette nuit. Déjà la chapelle est ornée,
Et c'est le frère Jean qui bénit l'hyménée.

SCÈNE X.

L'ARIOSTE.

Ah ! fort bien !

LE CAPITAINE.

Une affaire arrivée à ce point
Doit être terminée, et ne se défait point.
Ne m'en parlez donc plus, et laissez-la conclure.
Je vais tout préparer pour la grande capture ;
J'espère y réussir, et nous aurons l'honneur
De souper ce soir même avec le gouverneur.

(Il lui serre la main et sort par la droite.)

SCÈNE IX.

L'ARIOSTE, seul.

Eh bien ! mais de ce pas je me tire à ma gloire,
Et les choses vont mieux que je n'osais le croire.
Le gouverneur est pris ? Non, l'ami, pas encor ;
Qu'on me donne un moyen d'avertir le major,
Et tu verras ce soir que, malgré ta menace,
C'est Facchione et les siens qui seront dans la nasse.

(Il tire son calepin et écrit.)

Faisons d'abord la lettre ; après, nous chercherons
Un messager discret, et nous le trouverons.
Quelque nouveau hasard me tirera de peine.

(Il aperçoit Gina qui entre par la gauche.)

Justement.

SCÈNE X.

GINA, L'ARIOSTE.

L'ARIOSTE, à Gina.

Mon enfant, c'est Dieu qui vous amène !

GINA.

Qui, moi, Monsieur ? tant mieux ;

L'ARIOSTE.

Parlez-moi franchement ;
Parmi ces braves gens, avez-vous un amant ?

GINA.

Par exemple !

L'ARIOSTE.

Un amant délicat et modeste ;

Ayant des droits au cœur, mais nuls droits sur le reste.

GINA.

Monsieur, en fait d'amants, malgré vos airs railleurs,
Je n'en ai d'aucun genre, et chez vous moins qu'ailleurs.
Parlons raison. Je viens, au nom de ma maîtresse,
Vous offrir...

L'ARIOSTE.

Écoutez ! votre sort m'intéresse.
Je prétends vous sauver; qu'importe qui je sois...
En fait d'amis, ici, vous n'avez pas le choix.
Livrez-vous à ma foi. Que risquez-vous? Peut-être
Ne suis-je pas au fond ce que je parais être !
D'un célèbre brigand je porte ici le nom :
Peut-être suis-je ailleurs un autre compagnon.

GINA.

Comment! que dites-vous?

L'ARIOSTE.

Plus un mot; le temps presse.
Il faut que cette lettre arrive à son adresse.
Connaissez-vous quelqu'un que je puisse en charger,
Et répondriez-vous de votre messager?

GINA.

Oui; monsieur Vitelli nous rendra ce service.

L'ARIOSTE.

Quel est ce Vitelli?

GINA.

C'est un brigand novice,
Qui s'est aventuré parmi ces garnements;
Mais qui conserve encor quelques bons sentiments.

L'ARIOSTE.

Lesquels ?

GINA.

Eh bien... d'abord le désir de nous plaire...
Ensuite un souvenir très-tendre de son père,
Brave et loyal soldat, qui l'eût cent fois maudit,
S'il avait pu prévoir qu'il deviendrait bandit.
Mais, Monsieur, cette lettre, elle est donc bien utile?
A qui l'adressez-vous? En peut-on voir le style?

L'ARIOSTE.

Vous le verrez plus tard; mais faites-moi venir
Ce monsieur Vitelli; je veux l'entretenir.

GINA.

Vous serez satisfait ; le voilà qui s'avance.

SCÈNE XI.

L'ARIOSTE, GINA, CARLO.

GINA.

Eh bien ! monsieur Carlo, partez-vous pour Florence ?

CARLO.

Non ; on m'envoie ailleurs. Je pars ; c'est odieux ;
Mais il le faut. Je viens vous faire mes adieux.

GINA.

Vous partez ! Contre nous il s'amasse un orage ;
Nous êtes-vous acquis ?

CARLO.

Ce doute est un outrage.

GINA, montront l'Arioste.

Monsieur, pour nous sauver, nous offre son appui,
Voulez-vous l'y servir ? Répondez.

CARLO.

Eh bien, oui!
Après tout, mon départ vous laisse sans défense ;
Faites-moi travailler à votre délivrance.

L'ARIOSTE, allant à Carlo.

Un message est écrit ; pouvez-vous le porter?
C'est la vie ou la mort qui doit en résulter.

CARLO.

N'importe ! quel que soit le danger, je le brave !..
A qui s'adresse-t-il, ce message si grave ?

L'ARIOSTE.

Au major Éberhard.

CARLO.

Ah! je n'ai rien promis.
C'est le plus acharné de tous nos ennemis.
Le major ! avec lui vous osez correspondre?
Que contient cet écrit?

L'ARIOSTE.

Je n'ai rien à répondre.

CARLO.

C'est bien ! je vois le piége, et je n'y donne point.

(A Gina.)

Je veux bien vous servir, mais sans aller si loin.
Je suis prêt à sauver deux femmes prisonnières,
Mais je ne trahis pas mes compagnons, mes frères.

GINA.

Monsieur, savez-vous bien qui vous accusez là?
C'est votre nouveau chef, le grand Malatesta!

CARLO.

Quel qu'il soit, il trahit, la preuve en est certaine,
Et je vais, de ce pas, le dire au capitaine.

L'ARIOSTE.

Allez! je vous croyais des sentiments meilleurs.
Vos frères, dites-vous? des brigands, des voleurs!
Cette parenté-là ne vous honore guère!
Et je crois qu'elle aurait bien surpris votre père.

CARLO.

Mon père! de quel droit osez-vous m'en parler?
Avec ce souvenir croyez-vous me troubler?
Fut-il connu de vous? j'aurais peine à le croire.

L'ARIOSTE.

Je sais ce qu'il était; j'honore sa mémoire.
Le fils qu'il a béni de sa loyale main
A-t-il pu s'engager dans un pareil chemin!
Peut-il vivre au milieu de bandits détestables!

CARLO.

S'ils jugent les vivants, les morts sont équitables.
Si du fond du tombeau que sur lui j'ai fermé,
Mon père suit encor son enfant bien-aimé,
Il a vu que longtemps j'ai lutté sans me plaindre,
Pour arriver au but que j'avais droit d'atteindre;
Il sait tous mes efforts vers ce but souhaité,
Tous les dégoûts affreux qui m'en ont écarté,
Toutes les trahisons dont je fus la victime,
Et loin de m'accuser, je suis sûr qu'il m'estime!

L'ARIOSTE.

A l'âge où je vous vois, peut-on, en vérité,
Avoir assez souffert, avoir assez lutté?
De quoi vous plaignez-vous? d'avoir vu la fortune
Trahir tous vos projets! Mais c'est là loi commune.
Ici-bas le succès est un rare accident;
Dieu doit-il le bonheur à tous les fils d'Adam?

La vie est une lutte, il faut bien s'en convaincre;
Vous avez déserté, méritiez-vous de vaincre?
Non! le soldat loyal qu'a glacé le trépas,
S'il s'occupe de vous, ne vous excuse pas.
Soumis, tant qu'il vécut, au devoir militaire,
Il pratiqua toujours la loi la plus austère;
Pour aucun intérêt il ne se fut jeté
Hors du sentier étroit que suit la probité;
Et, fidèle à l'honneur, dont il fut un apôtre,
Sa vie est un exemple accablant pour la vôtre!

GINA, à part.

Je ne sais où j'en suis; quel raison! quel cœur!
Ce farouche brigand parle comme un docteur!

CARLO.

Malatesta, qui, vous? Non, vous ne pouvez l'être.
Quel est donc votre nom?

L'ARIOSTE.

                    Que sert de le connaître?
Je suis le bon conseil à l'accent rude et fier.
Je suis l'occasion prompte comme l'éclair,
Qui s'offre au malheureux entraîné dans l'abîme,
Pour sortir à la fois du malheur et du crime.
Je suis le bras sauveur qu'à travers le cercueil,
Votre père vous tend pour franchir un écueil!

CARLO.

Et comment me livrer à cette main amie?
Puis-je me racheter au prix d'une infamie?
Vous ne savez donc pas? J'étais perdu, trahi,
Sans un projet, sans un écu, sans un ami,
Envisageant la mort pour unique ressource;
Facchione vint m'offrir son amitié, sa bourse.

GINA.

Pour vous perdre, Monsieur.

CARLO.

                    Je le sais à présent.
N'importe! il m'a sauvé; puis-je vendre son sang?

L'ARIOSTE.

Je vous préviens d'abord que j'ai l'âme assez bonne,
Et que je ne prétends faire mourir personne.
Sur ce point important rassurez votre esprit;
Mais ce n'est pas encor de cela qu'il s'agit;

Il s'agit de sauver une innocente femme,
Contre qui l'on prépare un attentat infâme.
Oui, la jeune Paula...

CARLO.

Paula?

L'ARIOSTE.

Je suis instruit
Que Facchione la doit épouser cette nuit.

CARLO.

Que dites-vous?

L'ARIOSTE.

L'affaire est comme terminée.
Un hermite voisin bénira l'hyménée.
Les larmes de Paula, ses cris n'y feront rien.
Ce que Facchione veut, on sait qu'il le veut bien.

GINA.

Ah! Monsieur, pour le coup cette épreuve est trop forte.
Sauvez-nous de ce crime ou ma maîtresse est morte.

CARLO.

Quelle est donc la frayeur qui vient vous assaillir?
Ce sacrilége hymen ne peut pas s'accomplir.

(A l'Arioste.)

Celle dont vous parlez, d'un premier nœud liée
Depuis deux ans et plus est déjà mariée.

GINA.

Apprenez un secret dont vous serez touché.
Madame est libre encore. Elle vous l'a caché
Pour un grave motif que son intérêt même
Me force à révéler.

CARLO.

Lequel?

GINA.

Elle vous aime!

CARLO.

Elle m'aime!

GINA.

Oui, toujours. Par pitié, sauvez-la...
C'est travailler pour vous!

CARLO.

Elle m'aime! Paula!

L'ARIOSTE.

Allons, ce mot heureux finit sa résistance :

Vous pouviez m'épargner bien des frais d'éloquence!

GINA.

Le capitaine vient !

CARLO.

Ah ! je vais de ce pas

Lui demander...

L'ARIOSTE.

Du tout! vous ne le verrez pas!

Venez !

(Il sort entraînant Carlo par le fond à gauche.)

SCÈNE XII.

GINA, LE CAPITAINE.

LE CAPITAINE, entrant par la droite.

C'est toi, charmante? où vas-tu? qui te presse?

Voyons, un mot. Comment suis-je avec ta maîtresse?

GINA.

Mal. Elle a contre vous des griefs sérieux,

Mais renvoyez-la vite et vous serez au mieux.

LE CAPITAINE.

Auprès de toi, du moins, je veux rentrer en grâce.

Veux-tu ce diamant? veux-tu que je t'embrasse?

GINA.

Il faut être modeste et j'accepte humblement

Le moindre de vos dons.

LE CAPITAINE.

Lequel?

GINA.

Le diamant.

(Elle sort par le premier plan à gauche.)

SCÈNE XIII.

LE CAPITAINE, seul.

Tout va bien, et ce soir je serai hors de peine.

Carlo m'inquiétait; je l'envoie à Modène;

L'enfant part sans avoir rien vu, rien soupçonné,

Et quand il reviendra tout sera terminé.

J'aurai de ce côté des pleurs, des plaintes folles,

Rien ne m'arrêtera, grimaces ni paroles !
(On entend du bruit et des éclats de rire.
Quel est ce bruit ?

SCÈNE XIV.

LE LIEUTENANT, BRIGANDS, MAZETTO, entrant par le
fond, à droite, LE CAPITAINE.

LE LIEUTENANT, entrant en riant.
Ah ! ah ! parfait, en vérité !
LE CAPITAINE.
Qu'est-ce donc, lieutenant ? d'où vient cette gaîté ?
LE LIEUTENANT.
Parle, cher Mazetto ; c'est à toi de le dire.
LE CAPITAINE.
Quoi, déjà de retour ?
LE LIEUTENANT.
Apprêtez-vous à rire.
Vous savez qu'il était allé voir Fiametta
Sa maîtresse, la fille au fermier Batista ;
Fier de cette conquête, il parlait toujours d'elle
Et nous défiait tous de la rendre infidèle...
Hé bien...
MAZETTO.
Hé bien, dis vite, elle a fui nuitamment
De chez son père, avec un gendarme allemand.
Donc, elle se moquait de moi ; la chose est claire.
Avez-vous assez ri ? Parlons d'une autre affaire.
LE LIEUTENANT ET D'AUTRES BRIGANDS.
Ce pauvre Mazetto !...
LE CAPITAINE.
Messieurs, riez moins haut,
Le camarade prend son malheur comme il faut,
Et, par ses sentiments sur cette catastrophe,
Prouve qu'il est bandit ensemble et philosophe.
Mazetto, tu reviens pour faire ton devoir ;
Apprends que nous avons une affaire ce soir.
MAZETTO.
Une expédition ?

LE CAPITAINE.
Qui promet d'être bonne,
Et c'est Malatesta qui la mène en personne.
MAZETTO.
Il est donc parmi nous ?
LE CAPITAINE.
Oui, depuis un moment.
Il nous est apparu sous un déguisement ;
J'ai deviné la ruse et flairé le confrère ;
Facchione a du coup d'œil ; on ne le trompe guère.

SCÈNE XV.

LES MÊMES, L'ARIOSTE, entrant par la gauche.

LE CAPITAINE, voulant présenter Mazetto.
Mon cher Malatesta...
(Il va à lui.)
MAZETTO.
Comment, qu'est-ce cela ?
Cet homme...
LE CAPITAINE.
Hé bien, cet homme est Jean Malatesta.
Ne le connais-tu pas ?
MAZETTO.
Trahison ! capitaine,
Cet homme est le nouveau gouverneur de Modène.
Celui qu'on a nommé pour nous détruire tous !
Accourez, les amis ! trahison ! armons-nous !
LE CAPITAINE.
Cet homme aurait osé !.. ma fureur, ma surprise...
Regarde-le donc bien ; tu fais une méprise !
MAZETTO.
Encore une fois, c'est le gouverneur. Comment
Pourrais-je m'y tromper ? voyez s'il me dément !
LE CAPITAINE.
Tête et sang ! nous braver à ce point ! çà, messire,
Vous avez entendu ; qu'avez-vous à nous dire ?
L'ARIOSTE.
Rien, sinon que mon titre est connu cette fois.

Un hasard malheureux m'a conduit dans ces bois,
Vous attendiez, je crois, un bandit redoutable ;
Vous m'avez pris pour lui ; de quoi suis-je coupable?

LE CAPITAINE.

Ce n'était pas à vous de nous rien révéler,
J'en conviens; mais pourquoi m'avez-vous fait parler?
Pourquoi me conseiller, voyant qu'on vous écoute,
Une expédition qui nous perdait sans doute?
Joueur audacieux, vous risquiez un grand coup,
Mais il fallait tenir les cartes jusqu'au bout !

(Il se consulte avec les bandits, puis il reprend.)

Mon avis est conforme à celui de ces braves.
Nous nous avons livré nos secrets les plus graves ;
Il faut mourir, Monsieur.

L'ARIOSTE.

Mourir!

LE CAPITAINE.

Dans un moment.

L'ARIOSTE.

Cette aventure aurait un pareil dénoûment?
J'y voyais au début une plaisanterie.

LE CAPITAINE.

Rire aujourd'hui, pleurer demain, voilà la vie.
C'est un breuvage amer qui d'abord semble doux.
Nous pouvons tous finir encor plus mal que vous.

L'ARIOSTE.

La morale a du vrai, mais je vous en dispense.

(Élevant la voix.)

Le duc d'Este a pour moi beaucoup de bienveillance ;
Je vous préviens, Messieurs, qu'il voudra me venger.

LE CAPITAINE.

Votre arrêt est rendu, rien ne peut le changer ;
Nous régnons dans ces bois et nul ne le conteste.
Fussiez-vous général des troupes du duc d'Este,
Prince de sa maison, membre de son conseil,
Vous voyez aujourd'hui votre dernier soleil.

L'ARIOSTE.

Allons, je connaîtrai ce soir le grand problème ;
Mais mourir sans avoir achevé mon poëme !

LE CAPITAINE.

De quoi parlez-vous là ?

L'ARIOSTE.
De rien.

LE CAPITAINE.
                Recueillez-vous.
Avez-vous une grâce à réclamer de nous?
Exprimez librement vos volontés dernières.

L'ARIOSTE.
Faites venir ici vos jeunes prisonnières.
      (Mazetto sort sur un signe du capitaine.)

LE CAPITAINE.
Lorsque vous nous prenez, nous bandits, mais chrétiens,
Vous nous faites d'abord pendre comme des chiens;
Je renonce pour vous au droit de représailles,
Et vous allez mourir de la mort des batailles !

L'ARIOSTE.
C'est bien.

SCÈNE XVI.

GINA, PAULA, L'ARIOSTE, LE CAPITAINE,
LE LIEUTENANT, BRIGANDS.

L'ARIOSTE, à Paula.
    Approchez-vous, et, d'un cœur affermi,
Mon enfant, recevez les adieux d'un ami.
Dès que vous serez libre, et j'ai la confiance
Que cet heureux moment est plus près qu'on ne pense,
Vous vous réfugierez sous la protection
De l'abbesse des sœurs de la Rédemption;
Elle sait vos malheurs, connaît votre famille,
Et vous fera l'accueil d'une mère à sa fille...
— Une mère!.. La mienne en un coin du couvent
Dort... Que son souvenir m'est doux en ce moment!..
— A la place où son nom est gravé sur la pierre,
Priez Dieu quelquefois pour le fils et la mère !

PAULA.
Ah! Monsieur !..

L'ARIOSTE, tirant des papiers de sa poche.
        Maintenant, je voudrais vous donner...

LE CAPITAINE.
Des papiers?.. Je demande à les examiner.

L'ARIOSTE.

Soit; mais vous permettrez que je les lui remette?

LE CAPITAINE, parcourant les papiers.

Des vers? de qui?

L'ARIOSTE.

De moi.

LE CAPITAINE.

Vous êtes donc poëte?

Oui, vous nous l'aviez dit.

(Il lit.)

Voyons... c'est bien... c'est mieux.
Mais c'est un chant nouveau du Roland furieux!
Et ces vers sont de vous! mensonge invraisemblable!
Ils sont de l'Arioste, à coup sûr, ou du diable!

L'ARIOSTE.

Ils sont de moi, Facchione.

LE CAPITAINE.

Hein, se peut-il, comment?

PAULA.

L'Arioste! qui, vous?

L'ARIOSTE, lui ouvrant les bras.

Hé bien, oui, mon enfant.

LE CAPITAINE.

L'Arioste!

PAULA, après avoir embrassé l'Arioste.

Ah! Messieurs, grâce, je vous supplie,
Grâce pour le premier poëte d'Italie!
Fallût-il tous mes biens pour payer sa rançon...

LE LIEUTENANT.

Et que me fait à moi son talent et son nom?
Il sait tous nos secrets. Facchione a tout à l'heure
Prononcé son arrêt. Point de grâce. Qu'il meure!

(Paula se jette au-devant de l'Arioste comme pour le garantir.)

LE CAPITAINE, retenant le bras du lieutenant.

Ose donc le frapper.

LE LIEUTENANT.

Il faut bien...

LE CAPITAINE.

Qui de vous

Menace quand j'épargne et punit quand j'absous?
— Monsieur, vous pouvez voir que chez les bandits même,
On connaît votre nom, on lit votre poëme;
Vos récits nous ont fait oublier bien des fois
Les ennuis du métier, l'isolement des bois.
Que votre délivrance acquitte notre dette.
Adieu! souvenez-vous, gouverneur et poëte,
Que le nom de poëte est le plus glorieux,
Et travaillez surtout au Roland furieux.

PAULA, à l'Arioste.

Ah! vous êtes sauvé!

L'ARIOSTE, au capitaine.
J'ai peine à vous comprendre.

LE CAPITAINE.

En quoi ce changement peut-il donc vous surprendre?
Écoutez bien ceci, monsieur le gouverneur :
Si vous aviez été seulement un seigneur,
N'ayant pour nous fléchir qu'un nom de vieille race,
Vos ancêtres déjà vous verraient face à face ;
Mais, par bonheur pour vous, vous êtes beaucoup mieux :
Vous êtes le conteur entraînant, merveilleux,
Le poëte divin que l'Italie ardente
Déjà place au-dessus de Pétrarque et du Dante,
Quel malheureux, haï du ciel, maudit de tous,
Oserait maintenant porter la main sur vous?
Des seigneurs de tout rang, puissants dans ce bas monde,
Il en naît tous les jours, la race en est féconde ;
Les poëtes qu'un jour tout homme doit nommer,
Dieu se recueille un siècle avant de les former !
Vous êtes libre ; allez!

GINA.
Capitaine, une grâce!
Permettez-vous encor que Gina vous embrasse?

LE CAPITAINE.
Oui, certe, et de grand cœur !

(Gina court à lui et l'embrasse.)

SCÈNE XVII.

PAULA, CARLO, L'ARIOSTE, GINA, LE CAPI-
TAINE, LE LIEUTENANT, BRIGANDS.

CARLO, vivement à l'oreille de l'Arioste.
                    Monseigneur, me voici.
Le major Éberhard est à cent pas d'ici;
Inquiet pour vos jours, dans son impatience,
Il a changé le plan soumis à sa prudence;
Il vient vous délivrer.

SCÈNE XVIII.

LES MÊMES, MAZETTO.

MAZETTO.
            Alerte !.. dans nos bois,
Des soldats sont entrés par trois ou quatre endroits ;
Ils se dirigent tous vers la place où nous sommes ;
Ils ont déjà surpris, désarmé plusieurs hommes ;
Un traître les conduit.

LE CAPITAINE.
            Que dis-tu ? qu'est-ce cela ?
Qui donc nous a trahis ?

CARLO.
            Moi !.. pour sauver Paula !

LE CAPITAINE.
Toi ?

CARLO.
            Fuyez !

LE CAPITAINE.
            Fuir !.. quel est ce mot-là, je te prie ?
Aux armes ! Défendons notre honneur, notre vie !

L'ARIOSTE.
La partie est pour vous impossible à gagner,
Nous sommes dix contre un !.. Sachez vous résigner.

LES BRIGANDS.
Non ! non ! non !

L'ARIOSTE.

Écoutez... A Ferrare, à Venise,
Un dessein généreux se poursuit, s'organise ;
On veut aller combattre, étouffer dans leurs nids
Ces infâmes forbans d'Alger et de Tunis,
Qui sur toutes nos mers promènent leurs ravages
Et de notre Italie infestent les rivages :
A l'expédition voulez-vous prendre part?
(Les brigands se consultent.)
Je vous enrôle tous.

LE CAPITAINE.

Sonnez pour le départ!

L'ARIOSTE.

Bien, Facchione !

LE CAPITAINE.

L'amour... passion chimérique !...
La guerre est notre fait : en Afrique !

LES BRIGANDS.

En Afrique!

L'ARIOSTE.

Quelle gloire pour vous, ô Muses que je sers !
Je suis chez des bandits protégé par mes vers !
J'ai vu les souverains, les femmes et les sages
A mon heureux poëme accorder leurs suffrages;
Leurs applaudissements m'avaient paru bien doux;
Mais ce dernier triomphe est le meilleur de tous !
(Il donne la main à Paula et se dispose à partir ; les brigands le saluent avec
respect ; la toile tombe ; tableau.)

FIN.